KB073204

난 너에게
세잎클로버를
주고 싶어

난 너에게
세잎클로버를
주고 싶어

ⓒ 박경남, 2021

초판 1쇄 발행 2021년 7월 11일
　　2쇄 발행 2023년 8월 4일

지은이　　박경남
펴낸이　　이기봉
편집　　　좋은땅 편집팀
펴낸곳　　도서출판 좋은땅
주소　　　서울특별시 마포구 양화로12길 26 지월드빌딩 (서교동 395-7)
전화　　　02)374-8616~7
팩스　　　02)374-8614
이메일　　gworldbook@naver.com
홈페이지　www.g-world.co.kr

ISBN　979-11-388-0006-8 (03810)

난 너에게
세잎클로버를
주고 싶어

박경남

분명 제 책을 읽고 새로운 삶을 살아갈 위로를,

우울했던 마음이 조금이라도 나아질 분이

한 명이라도 계시면 그것으로 충분합니다.

좋은땅

차
례

#1 나에게

#2 너에게

처음 글을 적는다고 사람들에게 말했을 때 반응이 영 좋지 않았습니다.

"네가 무슨 글이냐", "그런 건 재능 있는 사람들이 하는 거다"라며 응원의 말보다는 비난의 말이 많았죠.

그러던 와중 군대 선임 한 분이 제가 쓴 글을 읽고 너무 위로되었다며 이런 글을 계속 써 달라 부탁했고 큰 힘이 돼 이렇게 책을 내게 되었습니다.

자신에게는 위로와 용기를 주고,
사랑하는 연인에게는 감동과 사랑을 주는 글이 담겨 있는 그런 책입니다.

뭇 사람들은 오글거린다며 제 책을 좋아하지 않을 수도 있겠지만 군대 선임 한 분 덕에 책 쓸 용기를 얻었듯이 분명 제 책을 읽고 새로운 삶을 살아갈 위로를, 우울했던 마음이 조금이라도 나아질 분이 한 명이라도 계시면 그것으로 충분합니다.

그런 분들이 많아졌으면 좋겠다는 마음으로 책을 만들었습니다.

여러분의 생각을 토대로.
여러분의 추억을 토대로.

추억을 기억을 선물하고 싶은
박경남 드림

#1

너에게

정말로

오늘 하루 수고했어요

사람들에 일에 치였지만

끝이 없을 것 같았지만

결국은 이겨 내고 하루를 마무리했네요

수고했어요

정말로 ♣

난 너에게 세잎클로버를 주고 싶어

나의 시작

오후 10시

누군가는 하루를 마무리하지만

다른 누군가는 하루를 시작한다

맞고 틀린 건 없는 거다

그저 자신의 시작에 맞춰 사는 것뿐 ♧

소소한 행복

예전에는 매일매일 특별한 일이 있었으면

좋겠다고 생각했지만

요즘엔 아무 일이 없는 평범한 일상이 좋더라

늘 걷던 거리

늘 듣던 노래

난 너에게 세잎클로버를 주고 싶어

이런 소소한 행복이

날 만들어 주는 게 아닐까

♣

처음부터 잘하는 사람은 없기에

인생은 롤러코스터를 타는 것과 같다고 생각해요
올라가는 부분이 있으면
떨어지는 부분도 있듯이

모두의 인생은 우여곡절과
순탄한 길을 넘나드는 과정이죠

모두가 그렇듯 처음부터 잘하지 못하기에
좌절하지 않았으면 좋겠어요 🍀

결국엔 올라가 정상에 우뚝 서 있을 당신이에요

난 너에게 세잎클로버를 주고 싶어

당신의 삶

꽃이 피기 전엔

꽃은 없고, 기다림과 고통만 있을 뿐

당신이 지금 힘든 삶, 고통스러운 삶을

살고 있다면

그것은 꽃을 피우는 과정이니

너무 걱정하지 말아요 ♣

빨간불

바쁜 하루를 보내고

집에 돌아가고 있을 때

횡단보도에 빨간불이 나에게 속삭이네요

잠시 멈춰 가도 된다고

쉬었다 가도 된다고 ♣

난 너에게 세잎클로버를 주고 싶어

각자의 모습

맞지 않는 사람과

맞추려고 너무 애쓰지 말아요

도형도 각자의 모양이 있듯이

우리도 서로의 모습이 있어요 ♣

손을 내밀어

힘들어 울고 있는 사람이

옆에 있다면

손을 잡고 위로를 해 줘요

당신이 힘들어 손을 뻗고 있을 때

다가와 소중한 친구가 되어 줄 거니 ♧

난 너에게 세잎클로버를 주고 싶어

그런 힘

어떤 어려움이 있어도

너 자신을 믿고 앞으로 달려 나가

너는 무엇이든지 잘해 낼 수 있는

그런 힘이 있어 ♧

넌 너야

사람들은 본인이 살아온 인생과 경험으로

각자의 잣대를 가지고

남을 판단해

그러니 부디 남의 말로 인해

무너지지 마

넌 너니까 ♣

난 너에게 세잎클로버를 주고 싶어

마라톤

꿈을 향해 달려가는 당신, 할 수 있어요

해내고 말 거예요

지쳐 쓰러질 것만 같을 땐 잠시 쉬었다 가도 돼요

결국엔 해내고 마는 당신을

보게 될 거니까 ♧

난 너에게 세잎클로버를 주고 싶어

끝이란

마침표를 찍었다

한 개

두 개

세 개

끝날 것 같던 문장이

새 출발을 시작한다 ♧

당신은 사랑받는 존재

고된 하루를 보내고 지친 발걸음으로

집에 터벅터벅 들어오면 언제나 널 기쁘게

반겨 주는 강아지가 있듯이

넌 사랑받는 존재야

이 사실을 절대 잊지 않았으면 좋겠어

아무리 힘든 순간이라도 ♣

난 너에게 세잎클로버를 주고 싶어

현재를 소중히

힘들고 어려운 순간도

돌아보면 추억이 되듯이

현재를 즐겁고 밝게 살아 봐요 ♧

추억을 만드는 기분으로

우울했던 하루

기분이 우울해 밖에 나가 보니

구름 하나 없는 텅 빈 하늘에

햇빛은 나를 비추고

새들은 날 위해 노래를 부르네요

우울했던 마음이 한순간에

씻겨 내려가는 기분이에요 ♧

내가 원한 건

주변 사람에게 고민을 얘기할 때

"나 땐 더 힘들었어"라며

대답하는 사람에게 난

"아…"라는 대답밖에 나오지 않는다

내가 원한 건 비교나 정답이 아니라

공감이었는데 ♣

난 너에게 세잎클로버를 주고 싶어

사람, 사랑

만남과 이별의 연속이

인생이잖아요

만남 뒤에 오는 이별에

너무 아파하지 말아요 ♧

사람, 사랑 뭐가 됐든

과거는 잠시 내려놓고

누구에게나 바꾸고 싶은 과거가 있을 거예요

'그때로 돌아간다면 그렇게 하지 않을 텐데…'

'한 번만 더 기회가 있으면 잘할 수 있는데'

과거를 보고 아쉬워하며 지내는 것도 좋지만

이제는 과거의 일은 잠시 내려놓고

더 좋은

더 예쁜 미래를 위해 나아가 봐요

난 너에게 세잎클로버를 주고 싶어

우리는 할 수 있고

지금도 해내고 있어요 ♧

빛나는 너

최선을 다해 무언가를 이루고 있는
네 모습이 빛나는 거야

주위 사람들은 결과만 보고 판단하지만
결과에서는 보이지 않는 것들이 있거든

결과가 좋지 않다고 실망하진 마
되돌아보면 전보다 더 좋아진
점점 성장하는 너를 발견하게 될 거야

그러니 자신을 믿고 끝까지 달려가

뭐가 됐든

결국

이루고 말 거니까 ♧

난 너에게 세잎클로버를 주고 싶어

혹시라도

되는 일이 하나도 없고 한숨만 푹푹 나올 때

기왕이면 하늘을 보고 한숨을 쉬어요

혹시라도 땅을 보고 쉬었다가

다시 돌아올 수 있으니

걱정근심 멀리멀리 보내라는 의미로

하늘을 보고 쉬어 봐요 ♧

내 방향 내 속도

'내가 가는 이 길이 맞을까?'

'남들은 벌써 취업했는데'

주위 사람들이 나보다 잘살고

스스로가 뒤처지는 느낌이 들어도

남들을 보며 걱정은 안 했으면 좋겠어

말처럼 쉽진 않겠지만

생각이라도 한번 바꿔 보는 걸 추천해

너와 그 사람은 가는 방향이 다르고

속도가 다르다고

너는 너의 속도와 방향을 따라가면 된다고

난 너에게 세잎클로버를 주고 싶어

그러다 뒤를 돌아보면

어느샌가 더 높이,

더 멀리 와 있는 너를 발견할 거야 ♧

곧

모든 역경과 고난을 이기고

지금까지 잘 버텨 왔잖아

정말 수고했어

이제 행복한 일

올라갈 일만 남았어

버텨 온 만큼

열심히 달려가자 ♣

난 너에게 세잎클로버를 주고 싶어

찾길 바라요

사람들은 남에게 잘 보이기 위해

다른 사람보다 잘나기 위해

삶을 사는 것 같아요

그러다 보니 정작 본인은 잃어버리는 거죠

자신을 찾길 바라요

남이 알려 준 내가 아닌

내가 바라본 나 ♧

시냇가에 심은 나무

지금 하는 일이 잘 풀리지 않는다고

너무 걱정하진 말아요

시냇가에 심은 나무가

철을 따라 열매를 맺듯이

분명 따뜻한 봄이 올 거고

결실을 보는 가을도 올 거예요

난 너에게 세잎클로버를 주고 싶어

아, 이미 가을이 문을 똑똑

두드리고 있을 수도 있겠네요 ♧

다시는

더러운 것을 만지면

손을 깨끗이 씻으면 되지만

마음속에 있는

무거운 짐들은 어떻게 털어 버릴 수 있을까요

한번 아무도 없는 공원에서

크게 소리쳐 봐요

마음속에 있던 짐들을 저 멀리

보내 버리는 거죠 ♧

다신 들어오지 못하게

난 너에게 세잎클로버를 주고 싶어

아주 잠깐만

지금 가는 길이 어렵고 힘들어도

포기하진 말아요

잠시 비포장도로를 지나고 있다

생각하고 걷다 보면

어느샌가 쫙 깔린 편안한

아스팔트 위를 지나고 있을 테니까요

그때를 생각하며 잠시만 아주 잠깐만

버텨 봐요 ♣

금방 도착할 거예요

첫 두발자전거

인생을 살아가다 보면

큰 벽을 마주할 때도 있고

넘어져 쓰러질 때도 있겠죠

포기하고 싶고 그만두고 싶을 텐데

그럴 땐 처음 두발자전거를 탔던 날을

떠올려 봐요

많은 보호구를 착용하고

뒤에서 아빠가 잡아 줬는데도

많이 넘어졌잖아요

처음에는 도저히 도움 없이는

못 탈 것 같았는데 시간이 지나,

난 너에게 세잎클로버를 주고 싶어

결국엔 혼자서도 잘 타는 자신을

발견했잖아요

인생도 마찬가지 같아요

지금은 힘들고 쓰라리지만

버티며 살아가다 보면

마지막엔 파란 하늘 위 구름이

춤을 추고 있을 거예요 ♧

빛나게 펼쳐질 미래를 생각하며

오늘 하루 힘차게 달려가요

행복 덩어리

사실 우리는 행복 덩어리예요

세상을 두 눈으로 바라보며 걸어 다니고
심심할 땐 핸드폰을 열어 재밌는 동영상도
찾아보고
가끔은 외식도 하며 살아가고 있잖아요

우리가 아무렇지도 않게 느낀 평범한 일상이
누군가에게는 바라던 소망이고
누군가가 그토록 찾던 행복이거든요

그러니 남들과 비교하며
자존감이 낮아질 필요가 없어요 ♧

우리는 이미

행복 덩어리니까

난 너에게 세잎클로버를 주고 싶어

온앤오프

인간관계는 가로등 같아요

사람이 다가올 때는 빛을 비춰

최대한 좋은 분위기를 선물하죠

그러다 사람이 떠나가면

언제 그랬냐는 듯

아무도 비추지 않고

어두컴컴한 상태로 돌아가 버리죠

모든 사람과 행복하려고

잘 지내려고 애쓰지 않았으면 좋겠어요

가끔은 사람이 다가와도 방전된 상태로

맞이해도 돼요

내가 있는 그대로를 보여 줘요

나 자체를 ♣

난 너에게 세잎클로버를 주고 싶어

떠나보내는 용기

나이 앞자리가 2에서 3으로 바뀌고
많은 것들이 바뀔 줄 알았다

돌아보니 정작 이전과 크게
바뀐 것은 없는 것 같다

그럼에도 불구하고
삶을 살아오면서 깨달은 한 가지가 있다면
인간관계에 많은 힘을 쏟을 필요가 없다는 것이다

바닷가에도 밀물과 썰물이
하루에도 몇 번씩 있듯이

관계에서도 나에게 들어오는

사람이 있는가 하면

나가는 사람도 있는 법이다

떠나가는 사람을 보며
너무 마음 아파하지 않길 바란다

연이 아닌 사람을

떠나보내는 용기도 필요하다 ♧

난 너에게 세잎클로버를 주고 싶어

많은 감정

슬픈 영화를 보고 울컥해 눈물을 흘린다

합격 소식을 듣고 부모님을 붙잡으며
기뻐 뛰기도 하고

좋아하는 이성과 손을 잡고
꿈인지 생신지 몰라 눈이 휘둥그레지기도 한다

우리는 이렇게 많은 감정이 있고
다양한 표현을 할 수 있는데
왜 사람들 앞에선 기뻐하기만 해야 할까

웃는 얼굴만을 보여 줘야 하고

뭐든 괜찮다는 듯 여유 있는
표정을 지어야 한다 ♣

진짜 감정은 뒤로 숨긴 채

난 너에게 세잎클로버를 주고 싶어

너 자신을 믿고

너 자신을 믿고

묵묵히 길을 걸어가길 바랄게

주위에서는 포기하라고

그 정도면 많이 했다고 말을 해도

처음 길을 떠날 때 가지고 있던

확신을

끝까지 놓지 않았으면 좋겠어 ♧

확신이 결국엔 성공이 될 테니까

오늘만큼은

요즈음 주변 사람들에게

쓸데없는 감정을 많이 소비해서

몸도

마음도

지쳐 있는 상태이다

그러니까 오늘만큼은 자신에게 쉼을 주고자

핸드폰을 꺼 두고

침대에 누워서 아무것도 하지 않으려 한다 ♧

신의 영역

사람 일은 어떻게 될지 모르는 거 같아요

주변 사람들이

모두 부러워하는 대기업에 다니며

승승장구하던 사람도

하루아침에 해고를 당하기도 하고

친구들과 놀다 안줏거리를 사러 나갔던

집 앞 편의점에서

캐스팅이 돼 유명한 연예인이

되기도 하더라고요 ♧

인생이라는 게 참 신기해요

난 너에게 세잎클로버를 주고 싶어

#2

너에게

네가

머리 묶은 게 예쁜지

푸는 게 예쁜지

물어본 네가 예뻤어 ♧

추억을

너와 여행을 가고 싶다

어디론가 도피하자는 의미가 아니라

너에게 좋은 추억을 만들어 주기 위해

또, 전국 어디를 가든지

너와 함께한 추억을 되새기고 싶기에 ♧

너는 행복하기만 하면 돼

크게 웃자

웃어서 행복하다는 말처럼

우리의 행복을 찾아서

앞으로는 내가 너를 크게 웃게 해 줄게 ♧

너는 행복하기만 하면 돼

난 너에게 세잎클로버를 주고 싶어

항상 사랑이

너를 사랑하는 만큼

너도 날 사랑해 주면 좋으련만

항상 사랑이 부족하다

너도 똑같은 생각일까 ♧

행복이 좋아서

너에게 예쁜 말만 해 주고 싶다

예쁜 말이 좋은 게 아니라

너의 표정에서 나오는

행복이 좋아서 ♧

난 너에게 세잎클로버를 주고 싶어

오늘도 난

너와 걷던 건대 거리
가끔 혼자서 그 길을 걷곤 해

너도 나와 같은 마음이면
한 번이라도 마주치지 않을까 해서

좀처럼 너는 모습을 보이지 않더라
그럴 땐 이런 생각도 들어

나 혼자만 좋아했고

나 혼자만 열심이었을까

바보 같지만

오늘도 난

혼자 그 길을 걷곤 해 ♣

마지막으로 말할게

미안하다는 말로

너를 아프게 했어

똑같은 말로 너에게 상처를 주고

똑같은 행동으로 널 실망하게 했어

아프게 하면 안 되는데 마지막으로 말할게

미안해 ♧

그런 사람

그런 사람이 있어

잠자리에 들기 전 눈을 감고 있으면

생각나는 사람

내일을 함께하고 싶은 사람

그러나 지금 곁에 없는 사람 ♣

난 너에게 세잎클로버를 주고 싶어

생열

너와 함께 있을 때

가장 행복했어

잘 보이려고 꾸며 내지도 않고

나 그대로를 보여 줄 수 있는

이유 ♧

다 네 덕이었어

따뜻했어

쌀쌀한 저녁 공기가
얼굴을 스칠 때

잡고 있던 우리의 손은
따뜻했어

환경이 어떻든
우리는 따뜻한 손처럼

쭉 사랑하자 ♧

난 너에게 세잎클로버를 주고 싶어

너만을

너를 사랑해 주는 사람을 만나

너의 외모, 직업, 재산이

모두 없어져도

너만을 바라보며

너만을 사랑해 주는 사람 ♧

너에게 하고 싶은 말

너에게 하고 싶은 말

참 많지

예쁘다

귀엽다

고마워

미안해

한마디의 말만 할 수 있다면

이 말을 해 주고 싶어 ♧

사랑해

웃음의 가면

이제는
마음껏 울어도 돼

남들에게 좋은 면만 보여 주려
기쁠 때나 슬플 때나
항상 웃음의 가면을 썼잖아

나와 함께 시간을 보낼 때면
가면은 잠시 내려놓고
슬프면 마음껏 울어도 돼

그래도 난 네가 좋으니까 ♧

예쁜 꽃

길을 걷다가

예쁜 꽃을 보면

네 생각이 나

꽃 선물을 받고

어린아이처럼 기뻐하는 너 ♧

내 기분을 나누고 싶어

너와 만나는 날이면

아침 일찍 일어나

신나는 노래로 하루를 시작해

신나는 노래를 들으면 덩달아

나도 기분이 좋아지고

그 상태로 달려가

너를 껴안으며 내 기분을 나누고 싶어

난 너에게 세잎클로버를 주고 싶어

너 역시도 같은 마음일까

아니 너의 마음은 달라도 상관없어 ♧

내가 더 기쁘게 해 주면 되니까

난 너에게 세잎클로버를 주고 싶어

너와 처음 만난 날

너와 처음 만난 날이
아직도 생생하게 기억이 나
좋아하는 가수가 같아
엄청난 속도로 친해졌지

둘만의 시간은 아니지만
친구들과 같이 바닷가도 놀러 가고
여행도 다니며
너에 대한 내 마음은 더 커졌어

그때까지만 해도 난 네 친구 중 한 명이라
생각했는데

지금은 너와 매일 일상을 공유하며
같이 지내고 있네

가끔은 그런 생각도 들곤 해

만약 그때 마음을 접었더라면

아니, 이제 그런 생각 안 할게

넌 나에게 소중하니까 ♧

난 너에게 세잎클로버를 주고 싶어

이상형

내 이상형은

쌍꺼풀이 없고 키가 어느 정도 있는

사람이었다

너를 만나기 전까진

키도 작고

쌍꺼풀이 매력적인

네가 좋다 ♧

연애라는 게

너는 아무 생각 없이 비를 맞고 있을 때면
마음이 홀가분해져
비 내리는 날이면 설렌다고 했지

난 비 내리는 날이 싫었지만
너에게 맞춰 주려 좋다고 했어

너와 하루하루를 살아가다 보니
어느샌가 나 역시도 빗소리가 좋아져
비 내리는 날이면 설레

연애라는 게 이런 것이 아닐까

난 너에게 세잎클로버를 주고 싶어

처음부터 맞진 않아도

서서히 맞춰 가는

결국은

우리 둘이 하나가 되는 것

내 생각은 온통

아침을 먹다 네 생각이 났다

운동을 하다 네 생각이 났다

자려고 눕다 네 생각이 났다

다시 생각해 보니

네 생각 속에 아침을 먹고

네 생각 속에 운동하고

네 생각 속에 자려고 누웠다

내 생각은 온통 너였다 ♧

난 너에게 세잎클로버를 주고 싶어

내 사람

몇 번이고 봐도 또 보고 싶어지는 그런 영화
하나씩 있을 거예요
OST만 들어도 좋아하는 장면이
떠올라 설레는 그런 영화

사랑하는 사람이 생겼다는 것이
이런 게 아닌가 싶어요

매일 만나고
앞에서 보고 있는데도
계속 보고 싶은 사람

그 사람 얼굴만 떠올려도 설레고

재밌는 영화가 개봉하면

제일 먼저 같이 보러 가고 싶은 사람

그 사람이 내 사람이라는 걸 알았을 땐
있는 힘껏 사랑해 주세요

온 힘 다해 ♧

난 너에게 세잎클로버를 주고 싶어

행복이라는 기준

선선한 바람이 부는 오늘
너와 함께 한강에 가고 싶다

치킨과 콜라를 먹으며
오순도순 평범한 일상을 나누고 싶다

좋은 날씨

좋은 먹을거리

좋은 사람

난 너에게 세잎클로버를 주고 싶어

행복이라는 기준에

무엇이 더 필요할까 ♧

사랑이라는 연결고리

전혀 다른 두 사람이

사랑이라는 연결고리로 만나

서로를 이해하는 것이 연애잖아

가끔은 서운해서 삐지기도 하고

다투기도 하지

그래도 좋아

그런 과정을 통해 너와 내가

더 가까워져

진짜 사랑을 한다면 ♧

우리

하나씩 맞춰 나가자

난 너에게 세잎클로버를 주고 싶어

행복하길

넌
내가 코를 찡긋거리면 귀엽다고
한 번만 더 해 달라고
내게 항상 애교를 부렸지

버스를 타고 가다
코에 먼지가 들어가
코를 찡긋거렸는데
순간 네가 생각나
미소가 지어지더라

지금은 만나자는 가벼운 말도

쉽게 할 수 없는 무거운 사이가 되었지만

너와 함께했던 추억이 떠올라

가슴 한쪽이 뭉클해졌어

그때 기억은 추억으로 남겨 두고

더 좋은 인연을 만나 행복하길 기도할게 🍀

우리 둘 다

난 너에게 세잎클로버를 주고 싶어

밤하늘의 별

저녁 쌀쌀한 공기를 맞으러 밖에 나갔어
마침 하늘에 별들이 반짝이며 빛을 내고 있더라

예쁜 별을 보니 네가 생각나 얼른 전화를 걸었지
나와서 하늘에 반짝이고 있는 별 좀 보라고
너는 별이 예쁘다며 어린아이처럼 기뻐했고
덩달아 내 기분도 좋아졌어

연인이라는 건 이런 게 아닐까
비록, 같은 공간에 있진 않지만

같은 하늘을 보고 행복이라는

난 너에게 세잎클로버를 주고 싶어

기분을 같이 느낄 수 있는 사람

몸이 떨어져 있어도, 전화만으로 충분히

마음이 함께 있다는 느낌을 얻을 수 있는 사람 ♧

그게 너이고, 쭉 너와 함께이고 싶어

난 너에게 세잎클로버를 주고 싶어

사계절

벚꽃이 아름다운 봄

뜨거운 햇살이 매력적인 여름

거리에 단풍잎이 쌓이는 가을

사랑하는 연인과 눈사람을 만들며
추억을 쌓는 겨울까지

계절마다 너와 함께한 추억들이 떠올라

벚꽃축제를 보며 필름카메라로 사진을 찍은 봄

바닷가에 놀러 가 모래사장을 만들며

어린아이처럼 놀았던 여름

커플 코트를 맞춰 입고

카페에서 온종일 수다를 떨었던 가을

눈이 펑펑 오는 날 눈을 맞으며

눈싸움을 한 겨울

모든 계절의 추억이

혼자가 아닌 너와 함께여서

좋았어 ♣

앞으로도 쭉 함께하자

난 너에게 세잎클로버를 주고 싶어

사진 속의 너와

너는 유독 나와 잘 맞았지

수다를 좋아하는 너와

조용히 말을 듣는 것을 좋아하는 난

N극과 S극처럼 급속도로 친해졌어

집이 가까워 시간 날 때는 네 집도 가며

자주 놀곤 했고

연락도 남들보다 많이 하며

각별한 사이가 돼

결국엔 연인이 되었지

똑같은 일상에 너를 더하니

모든 것이 특별해 행복했지

한번은 핸드폰이 망가져 너에게 온 연락에

답을 못 했고 그런 상황을 설명하지 않은

나 때문에 너는 그런 나에게 서운했나 봐

그 일로 오해가 점점 쌓여 가고

연락 역시 뜸해져만 갔어

결국, 우리의 사이는 점점 멀어져

이별을 말하게 됐어

난 너에게 세잎클로버를 주고 싶어

요즈음 너와 찍은 사진을 보며

그때 일을 종종 생각하곤 해

아직도 그때 일을 생각하면 사실대로 말 못 해

너에게 서운함을 준 나 자신이 너무 미워

말도 안 되는 생각인 거 알지만

하나만 말할게

사진 속의 행복했던 때로 돌아가고 싶어 🍀

난 너에게 세잎클로버를 주고 싶어